これだけ言って死にたい

佐藤愛子

コスミック出版

これだけ言って死にたい——目次

装丁：川畑サユリ
帯写真：楠《くす》聖子
編集：鵜島《ぬでしま》慎司

第一章

人生

人生は苦労があった方がいい

悲運だからといって

私のことをあなたは楽天的でいいわね、と人はいう。しかしもとから楽天的な人間だったわけでない。悲運が私を楽天的にした。そう考えると、悲運だからといって歎《なげ》き怖れることもなくなって来る。

『こんな幸福もある』

苦労が持つ意味

人生は苦労があった方がいい。楽しさを十分に味わうために苦労は必要だ。私はそう思っている。

『戦いやまず日は西に』

愛がある限り

人間に情念がある限り、人間が人間でありつづける限り、悲劇はつづく。執着や嫉妬《しっと》や欲望や野心だけが悲劇を産むのではない。理想や夢も悲劇のもとだ。人間に愛がある限り悲劇は生まれつづけるだろう。

『戦いやまず日は西に』

小説を書く理由

人生は悲劇である。悲劇であるからこそ私はユーモア小説を書くのだ。いっそ悲劇を喜劇にしてしまうことによって、私はそれに耐《た》えようとしている。

『戦いやまず日は西に』

愛に対する責任

女性が本当に強くなったといえるのは、女が男に向って「欺《だま》した」とか「責任をとれ」などという言葉をいわなくなった時だと思う。恋愛というものはいうまでもなく相対的なものであって、決して一方的に責任を取らねばならぬというものではないのだ。男に責任があるように女にも責任がある。何に対する責任か。それは二人の愛に対する責任である。そうした愛に対する責任ということは、必ずしも結婚することばかりではないのだ。

『愛子のおんな大学』

大波に襲われるように

私は結婚生活を二度、失敗している。破産を一度している。しかし自分を不幸だと感じたことはない。それは丁度、海で泳いでいる人が大波に襲われ、流されそうになった時に、「ああ、なんて不幸なんだろう」と思いながら泳ぐことがないのと同じである。そしてそれを乗り切った時、ほっと一息つきはするが、とりたてて乗り切ったことを幸福だとは思わない。

『何がおかしい』

幸福は人それぞれ

幸福というものは、一つの形しかないものではなく、人それぞれ、みな違うものだということを教えたい。幸福はたった一つの形のものだと思い決めたところから不幸がはじまる。その幸福の形にむりに自分をはめこもうとして無駄なあがきをするからである。

安穏《あんのん》な暮しを幸福だと思う人がいるだろうが、安穏以外の幸福もあるのだ。たとえ不幸といわれる事態に陥ったとしても、不幸によって人間が必ず得るものがあるということを教えておきたい。

『こんな幸福もある』

私の意見の通りに生きると

私は元来、「先生」と呼ばれるのが好きでない。「先生」といわれると、気恥ずかしさを通り越してイヤーな気持になる。私は「先生」などと呼ばれて質問され、それに対してたちどころに、正解を与えることの出来るような、そんな立派な人生を歩んで来ている人間ではないのだ。いつも損をし、人に欺《だま》され、怒りつつよろめきよろめき生きて来た人間である。私の意見を聞いて、その通りに生きると、必ずや波瀾《はらん》、苦労に襲われること必定《ひつじょう》なのである。

『朝雨　女のうでまくり』

ことなかれ主義でいいのか

誰に遠慮気がねなく、妥協もせずに生きて行こうとすると、人の何倍かの苦労を背負いこまなければならないことは当然である。世間では苦労を背負いこむことを「不幸」だと思い、不幸は「悪徳」であるとさえ思っている人が多い。だから不幸のもとになる波瀾を起こさないように、何ごとにも己れを抑えて妥協する。いいたいことを抑え、したいことを我慢し、ことなかれ主義をうちたたて平穏《へいおん》を守るのである。

『娘と私のただの今のご意見』

正論を口にしたところで

世の中には正論というものがあって、我々は平和な暮しの中では、正論を口にして満足している。しかしいったん、波瀾が巻き起るや、その波立ちの中にあっては、正論などクソの役にも立たぬ場合が多いのである。

『朝雨　女のうでまくり』

普通の人では大成しない職業

およそ小説を書いたり、芝居をしたりする人には「普通でない人」が多い。「普通の人」であっては大成しないとさえ私は思っているくらいで、仕事に関してはマジメ、それ以外はどこかおかしい、という人間でなければダメである。

『こんな女もいる』

もの書きは虚実皮膜《きょじつひまく》の上に立っている

もの書きの身として一番困ることは、書いたことのすべてを、読者は事実だと思うことである。

『何がおかしい』

我が道へ行け

何が悪い、何がよい、何がアホウ、何が賢《かしこ》いということは、この世にはあまりないのではないか。大切なことは自分を知った上で、自分の道を行くことだ。そうすれば多少のイザコザはあっても世の中は案外、楽しく面白いものなのである。

『愛子のおんな大学』

個性を殺すなかれ

多くの人に好かれる人は一般向きの感性の持ち主だともいえるのではないだろうか。個性が強い人は人から好かれる率は低いかもしれない。しかしだからといってその個性を殺して、人に好かれるように努力しなければならないというものでもないと私は思っている。好かれるためのとってつけたような努力をわざとらしく感じて疲れる人もいる。

「ありのままでいいんですよ。あなたの自然でいいんですよ。人生経験を大切にしていれば、自然に魅力がそなわってくるものですよ」

と私はいいたい。

『死ぬための生き方』

すべては結果論

こういう時はこうするべきである、とか、ああするのが正しいなどと、口でいうことは簡単だ。こうするべきではなかったのだとか、あんなことをしてはいけなかったのだなどと批評することもたやすい。しかしそれはすべて結果論であって、現実の糸と人間の心の糸とはさまざまにからみ合って、それぞれの糸の色、糸の質によって千差万別の結果を産み出して行くものなのだ。

『愛子のおんな大学』

そんなふうに考えてはいけない

自分の存在理由はなくなった、などと思うようになったら人間はおしまいである。

『愛子のおんな大学』

のっぺらぼうの幸福

苦しみから早くのがれたいと思う人の心は、今も昔も変わりはない。しかし精神の苦しみは手っとり早く解決してしまってはならないものである。すべての人が幸福になるのはいうまでもなくよいことだ。しかし心のヒダがのっぺらぼうの幸福は果たして真の幸福といえるだろうか。

『こんな幸福もある』

何がめでたい

人生には金を儲《もう》ける以上に「めでたい」ことは色々あるのだが、それが何であるかを考える人はなぜか少ない。

『男の学校』

単調でたんねんなくり返しの中の喜び

単調でたんねんなくり返し――今の私たちはもうその単調なくり返しの中に喜びを見つける気長さを失ってしまっている。

『こんないき方もある』

好きなことだけをやれる人生

好きなことだけを、好きなようにやっている人生は退屈だ。

『何がおかしい』

無意識の中でこそ

若さは無意識の中で輝くものなのだ。若さを意識したらもう魅力は半減する。

『こんな考え方もある』

本当の女の魅力

年より若く見えるということは、それほど価値のある若さではないと私は思う。〝年相応《そうおう》の若々しさ〟というものが、本当の女の魅力だ。

『愛子のおんな大学』

人は千差万別《せんさばんべつ》

人は千差万別《せんさばんべつ》の感性を持ち、千差万別の思考を持っている。大事なことは自分にとって何が一番の自然、一番の真実であるか、ということである。

『愛子のおんな大学』

本質的には無力

人は自分以外の人間の不幸をどうすることも出来ないのだ。助けることも、慰《なぐさ》めを与えることさえも出来ない。親子、夫婦、恋人、すべて本質的には無力なのである。

『愛子のおんな大学』

断ち切ることの痛み

現状を自分の力で壊すということは本当に勇気の要《い》ることなのだ。どんなに苦痛に満ちた生活も、連続している間はまだ耐え易いものである。苦しいながらも惰性《だせい》が前へと進めてくれるからだ。最も大きな苦痛というものは耐え忍ぶことよりもむしろ〈断ち切る〉ことにあると私は思う。それによって人を傷つけ、また自分も傷つくことの苦痛を踏み越えなければならないからだ。それを踏み越え、そして新しく進んで行く力をふるい起こすとき、人は本当にその人生を豊富にすることが出来るのである。

『こんな考え方もある』

弱者が強くなって行く方法

覚悟というものは、口に出していっているうちに固まって行くものだ。大人物は口に出さずに覚悟を決める。しかし私のような弱者は口に出していい立てることによって、今更《いまさら》後《あと》には退《しりぞ》けぬという気持になって覚悟が決って行く。

強がり、痩《や》せ我慢。

これが弱者が強くなって行く方法の一つであろうと私は考えている。

『男の学校』

どこが自立している！

離婚に適齢期《てきれいき》があるとは知らなかった。何でも子供が中学校へ上って手が離れ、夫は仕事一途で妻を顧《かえり》みない、心も身体もエネルギーに満ちていて、まだこれからひと花咲かせる可能性は十分ある。「離婚するのなら今この時」という年代、つまり三十代後半が離婚適齢期であるという。

「これは女性の自立心が愈々《いよいよ》開花して来たということでしょうね。離婚しても一人で生きて行けるという自信を女が持てるようになったということは素晴らしいことです！」

と喜んでいる人（勿論《もちろん》女性）がいたが、自立心を持っている女性が、「夫が顧みてくれない」ことを不服とするなんて、何だかおかしくないか？

「どこが自立している！」

と私などはいいたくなる。


『男と女のしあわせ関係』

弱者の言葉

女が強くなることには私も賛成である。しかし、本当に強くなろうと思うのなら、「欺《だま》された」なんて言葉は使わない方がいい。それは弱者の言葉だ。「背広も買わされた、腕時計も買わされた、子供の入院費まで出させられた」と並べ立てない方がいい。「買わされた」のではなく、「買ってやった」と思えばいい。「買わされた」と思うことは、自分自身への侮辱《ぶじょく》であると無理にも思った方がいい。

『女の学校』

恵まれた環境なのになぜ？

なぜ今の若い女性は、恵まれた環境の中で身につけたものを、有効に使おうとしないのだろう？　生活力、自信、強さといったものは、我々の時代の女の何倍も持っている筈《はず》である。その強さを他者に向かって要求する時にばかり使うのはなぜだろうか？　その強さを、自分を鍛えるためになぜ使おうとしないのだろう？

『こんな幸福もある』

人生のつまずき

確かに三十娘や離婚や再婚が、その人の人間的な欠陥に原因している場合もあり得るだろう。しかしそれはいわば、駈《か》けるのが下手《へた》なので運動会でビリだったり、転《ころ》んだり、転ばされたりしたことと、本質的には何の変わりもないことである。なぜ、女は〈つまずき〉を怖《おそ》れるのだろう？　なぜそれを取り返しのつかぬこと、と思うのだろう？　なぜ不幸は隠さねばならぬことのように考えねばならないのだろう。

人生のつまずきは、さらに新しい人生へ向かう一つの契機にほかならない。それ以外につまずきの持つ意味を考える必要はない筈《はず》である。運動会でつまずいて転んだ子供が、起き上がって走って行くとき、大人《おとな》たちは感動して声援の拍手《はくしゅ》を送る。それなのに女がその人生でつまずいた時は、人々は目を外《そ》らすのだ。なぜだろう？

『こんな考え方もある』

飛び越えればいい

女には勇気などいらない。反射的にパッと飛び越える。それだけだ。

『老兵は死なず』

第二章

結婚

一度は体験することを勧める

一生独身を通すよりも

経験というものは少ないよりも多い方がいい。そしてその経験は楽しいものばかりでなく、辛《つら》い経験、苦しい経験も含まれている方がいい。そう思っている私は、だから一生独身を通すより愛人関係を持つ方がよく、愛人関係よりも更に繁《はん》雑《ざつ》さと闘わなければならぬことの多い結婚生活を一度は体験することを勧めるのである。

『死ぬための生き方』

良妻《りょうさい》と良夫《りょうふ》でなくたって

結婚生活というものは、二つの個性が合わさって生きていくものであり、それぞれの個性に従って、幸福という一つの目的に向って違った歩み方をしていくものだといえましょう。従って家庭の幸福というものは、かならずしも良妻《りょうさい》と良夫《りょうふ》によって作られるものばかりではありません。ぶん殴《なぐ》り合いをしながら作っていく幸福というものだってあるのです。

『三十点の女房』

〝楽しいもの〟となった結婚

「うちにいるようなわけにはいきませんよ」とどこの母親もいったものである。そこで娘は結婚とは辛《つら》い修業の場という風に考えて一大決意をもって嫁に行ったものである。

だが今や結婚とは〝楽しいもの〟となった。結婚とはデパートの新婚コーナーや若い女性向き雑誌のグラビアにあるような、カラフルなしゃれた台所やお揃《そろ》いのワイシャツや色ちがいのスリッパなどに象徴される楽しい世界として考えられている。

「うちにいるようなわけには行きませんよ」という母親はもういない。うちにいるより楽しい世界がそこにあるから娘は結婚するのだ。結婚とは（人生とは）楽しいもの、楽しいものでなければならない、と若い女性は思いこんでいる。

『愛子のおんな大学』

刻苦《こっく》の積み上げ

一つの家庭を築くということ、子供を育てるということは、これは目に見えぬ刻苦《こっく》の積《つ》み上げである。すべて創造ということには必ずや血が滲《にじ》むものだ。主婦にとって家庭を築くことも子供を育てることも創造である以上、血が滲むのが当然なのである。結婚生活は決して楽しいものではない。それは辛いものなのだ。人生というものは決して楽しいものではない。辛いものなのだ。その辛いものをいかに楽しくして行くかというところに主婦の生き甲斐《がい》というものがあるのではないだろうか。

『愛子のおんな大学』

新しい強い女性が生れ育ってきたはずなのに

時代が変り、変化したその時代の中で新しい強い女性が生れ育ってきたはずなのに、よく考えてみると結婚についての考え方は、安定を求めるという点においてそれほど変わっていないような気がする。しかし昔は安定を求めた代りに苦痛に耐える覚悟を持っていた。いまは安定を求めながら、楽しくやりたいと思っている。しかし現実はそううまいこと二つ一緒にやってこないのである。

『丸裸のおはなし』

心のスカスカを埋めるための結婚

まったく人の世はむつかしい。つくづく私はそう思う。日本の女性の長い忍従《にんじゅう》の時代が漸《ようや》く光を得て、ニクたらしいほど恵まれた世の中がきたと思ったら、あにはからんや、その心中を隙間風《すきまかぜ》がスカスカと吹いているというのだ。人間の欲望や不満は際限《さいげん》のないものらしい。

このスカスカを埋めようとして彼女たちが考えることは「結婚」である。やっぱり女はそこに帰着するのか、と私は憮然《ぶぜん》とする。いや、それがいけないというのではない。多分、それが人間というものの自然な流れなのだろうと思い、そのことに感慨《かんがい》を抱かずにいられないのだ。

『死ぬための生き方』

情けない状態から脱却したけれど

今の女性は〝食うため〟に結婚する必要はなくなった。本当にいい時代になったものだと、私などはつくづく羨《うらや》ましく思わずにはいられない。二十五になろうが、三十になろうが、三十五になろうが、自分の能力を開発し、夢、目標に向かって進むことが出来る世の中になったのだ。職場ではまだ男女の不平等が叫ばれたりはしているが、とにもかくにも男に〝食べさせてもらわねば生きて行くことが出来ない〟という情けない状態から脱却したのだ。

ところがそんな世の中にも相変わらず結婚適齢期があるという。それが過ぎてもまだ一人でいると〝みっともないから〟会社を変わったという娘さんの話を聞いた。結婚適齢期が過ぎたので早く結婚しなければとあせっていて、結婚詐欺《さぎ》にやられた、という話も聞いた。

『こんな幸福もある』

適齢期というつまらぬもの

私が不思議でならないのは、いまの若い女性は経済的に自立しているだけの能力を身につける途《みち》が広く開けているのにもかかわらず、安易に養われる安定を望むことである。そして適齢期などというつまらぬものにこだわることである。

『丸裸のおはなし』

適齢期にこだわって失敗した例

適齢期というものはその人その人によって、二十五歳であったり三十歳であったりするものである。十把《じっぱ》ひとからげに二十二歳だとか二十三歳だとかいうものではない。そんなつまらぬものにこだわって失敗した例が私の年代の女性にはいっぱいいる。かく申す私もその一人である。当時の適齢期は二十歳、二十一歳がそうとされていたのである。

二十歳の小娘にいったい世の中の何がわかるだろう。人間の何がわかるだろう。昔の適齢期が若かったのは、若い女を嫁にしたならばへたな理屈もいわず、ただ従順に男のいうことを聞くという、男の都合によって決められたものだったにちがいない。

『丸裸のおはなし』

女の悲劇が始まる考え方

男の出来不出来で女の幸不幸が決ってしまう人生なんてつまらない。自分が力さえ持てば、男の出来とは関係なく、幸福を追求出来るのである。結婚にしか女の倖《しあわ》せがないと考えるところから、女の悲劇は始まるのだ。

『今どきの娘ども』

妻には夫に強制する権利があるのか

「あの女とは会うなっていったの。主人にとうとう約束させたわ」

という言葉を聞いたこともある。そのとき、私は実に不思議な感覚に捉《とら》われたことを告白する。

女に会うな、と夫に強制する権利が自分にあるとなぜ思えるのだろう？　妻の座にいることによって、夫の心まで左右出来るとなぜ確信出来るのだろう？　夫をとっちめて、なぜ安心出来るのだろう。

夫婦といえども心は二つなのだ。たとえ夫が女と会うことをやめても、その心の中は会いつづけているかもしれない。

夫婦とはそうした安定の上で常に揺《ゆ》れているものなのだ。

『愛子のおんな大学』

丁度、慢性の病気を克服して行くように

夫婦は一心同体《いっしんどうたい》ではない。別モノ二個の人格が寄って、一つの個性ある家庭を作って行くものだと私は思う。若い女性はまずそのこと（夫婦は一心同体にならなくてはならないものではないということ）を認識した方がよいのではないだろうか？　その認識を身につけることによって、自分だけで掲《かか》げている理想を絶対的なもの、動かすべからざるものだと思いきめる考えを捨てることだ。結婚生活でたいせつなことは、太陽のように彼方《かなた》に掲げた輝く理想に向かって、高らかにラッパを鳴らし、邪魔モノと戦いつつ、ひたすら猛進することではなく、夫婦が互いに均衡《きんこう》をとりながら、ある時は妥協し、ある時は方向を変え、丁度、慢性の病気を克服して行くように、少しずつ理想への足もとを踏み固めて行くことだと思う。

『こんないき方もある』

失意の中から活路を見出す

かんじんなことは、結婚生活の中で何が一番大切か、ということをよく見極めることである。芝生の庭のある家とか、赤い屋根の犬小屋から覗《のぞ》くコッカースパニエルとか、日曜日は家族そろってドライブを、などという生活を理想としていた女性が、学究肌《がっきゅうはだ》の夫を持って、来る日も来る日も帰宅の遅い夫のためにひとりで夕飯を食べ、いつまで経ってもアパート住まいで、季節の衣服も新調することもない、といった生活の中で、それまでと違った理想を見出すこともあり得るのだ。それは妥協ではなく、新しい理想の発見であり建設である。そして彼女をそうさせたものは彼女の愛情であり、人生に対する考え方が深まったことであり、失意の中から活路を見出そうとした努力のたまものということが出来るだろう。

『こんないき方もある』

主婦はかたつむり

主婦は孤独と自由に憧れながら、その背中に家を背負っているかたつむりのようなものだ。それを重いといい、苦痛だといいながら、背負っていることによって安定している。

『破れかぶれの幸福』

隣の芝生は青く見える

完全無欠の理想の夫など世の中には金輪際《こんりんざい》いはしないのだ。隣の旦那さんのことは一部しか見えないが、わが夫は全体が見える。悪い部分もいい部分も見える。悪い部分の裏側は、ある面からはいい部分かもしれず、いい部分の裏側は悪い面かもしれない。現実というのはそういう形をもっていて、人間はその総和を生きているので、そう考えれば人間の比較ほど無意味なことはないのである。

『こんな幸福もある』

いつまでも別れない夫婦

別れる別れるといいながら、いつまでも別れない夫婦がいる。それは別れたいのに別れられないのではなくて、煮つめれば要するに、「別れたくない」から別れないだけのことなのである。私はそう思う。

『こんな幸福もある』

勇者は勲章《くんしょう》をぶら下げよ

再婚に失敗すれば三度目をやればよい。三度目に失敗すれば四度目をやればよい。三度目以上の結婚者は胸に勲章《くんしょう》をぶら下げることにしてはどうであろう。なぜならばそれは、自分自身の力で積極的に切り開いて行った勇者だからである。

『こんな考え方もある』

第三章

男

ああ、男の情熱は今いずこ

懐かしきステテコ姿

その頃（昭和初年）は人が何を着てようが、それについてあれこれ批評をする風潮はなかった。特に男性にとって、着るものなど、合理的でありさえすれば格好などどうだってよかったのだ。冬は寒いからメリヤスのステテコを穿《は》く。夏は暑いからチヂミ、あるいは麻のステテコに甚平《じんべい》を着る。それが暑さ寒さに適応したものであればそれでよかったのである。男たるものは格好など考える必要は全くなかった。いや、格好を考えるなんて、むしろ軽蔑されたのである。

『幸福という名の武器』

本当に隠すべきもの

どうしてこのごろの男は、女が考えるようなことばかり考えるのだろう？
ハゲ頭を隠さんとしてカツラをかぶる。本当に隠すべきものは、ハゲぐらいにクヨクヨする自分のキモッタマの小ささではないのか。

『さて男性諸君』

性来《しょうらい》、狭量《きょうりょう》だったのか

男が本当に強いものであれば、ことさらに女をののしり、ないがしろにすることはなかったであろう。いったい男は女の何を怖れて、このように寛大さを失い必要以上に蔑視しようとしたのであろう？　いや、何かを怖れて寛大さを失ったのではなく、性来《しょうらい》、狭量《きょうりょう》だったのかもしれない。

『幸福という名の武器』

男らしい男

男らしい男とは、自分が女よりも優位にあることを決して女の前に誇示《こじ》せぬ男である。それが男の優しさであり、大きさなのだ。

『私のなかの男たち』

平穏を尊ぶ男たち

日本の男性史のなかで現代の中年男性ほど争いを好まず、平穏を尊ぶ男性はどの時代にもなかったのではないかと思われる。争うぐらいなら、がまんして向こうのいい分を通した方が面倒くさくなくていい、と思うらしい。ということは、向こうのいい分をすぐに通してやれるほどの、どうしても譲《ゆず》れないという自分の主張がはじめからないせいかもしれない。

『こんないき方もある』

笑わせることばかり一生懸命

今の男は、人から仰《あお》がれるよりも、人を笑わせるほうを選ぶ。だがあまり笑わせることばかり一生懸命になりすぎて、笑わせるということと、笑われるということには、たった一字だが大きな違いがあることをまちがえないでいただきたい。

『さて男性諸君』

女に理解できぬ男の名誉欲

女に理解できぬ男の性向《せいこう》に、ノゾキ趣味と並んで、この種の名誉欲がある。名誉ということは元来〝人格の高さ、道徳的尊厳《そんげん》に対する賞賛〟であったはずだが、世の中というものは、人格の高さ、人間としての中身とは関係なしに名誉ヅラができるという、まことに甘ッチョロイしくみがある。

そこで人格をみがくことはそっちのけで勲章をもらうことに狂奔《きょうほん》する手合いが出てくるのであるが、それというのも、たとえ、おとなしく寝ているネコを投げとばしたりしている男とわかっていても、いざ勲章が胸に下がると、世間というものは尊敬を払うからである。

『さて男性諸君』

ああ、男の情熱は今いずこ

今の男は、愛する女を手に入れるために、男として人間としての資質をみがき、奮励努力して男の魅力を身につけることを忘れ果てている。

おどろいたことには、女のごま化し方、捨て方がうまいというので仲間から感心されている男がいる。

「無能で怠《なま》け者なのに、女だけはひっかけるのがうまい」とか、

「あのツラでよくねえ……」

とか、ナミではないことでかえって実力者としての栄誉を与えられたりしているのも、男の世界ならではのバカバカしさであろう。

もっと嘆かわしいのになると、ゴリラ並みの性欲をもっているということが自慢、かつ一目おかれるもとになっていたりする。

『さて男性諸君』

男性的ということ

男性的ということは、いったいどんなことだろう？

私はときどき、そう考えることがあります。人によっては、男性的という言葉に色の黒さを思い浮かべる人もあるでしょうし、力が強いことを連想する人もあるでしょう。野心に漲《みなぎ》っていることだという時もあれば、女に親切なことだという場合もあるでしょう。

しかし、真の男性的ということは、現実の中で〈どちらでもよい部分〉という部分を豊富に持っていることではないか、と私は思います。手っとり早くいえば、靴下に穴のあいてることなんかどうだってよい、という精神です。〈俺には夢がある〉という精神です。

『三十点の女房』

色道《しきどう》のクズ

いやしくも男たる者は老若美醜《ろうにゃくびしゅう》を問わず、すべての女を讃美し、跪《ひざまづ》き、身を献じて女を充足させねばならぬ。女のあわれを解《げ》せねばならぬ。好むとも好まぬともそうせねばならぬ。少くとも男を名乗るからにはそれを志向してもらいたいものだ。その志《こころざし》なくしてただいたずらに女のより好みをする男は色道《しきどう》のクズである。

『私のなかの男たち』

女を抱く力

外国の映画をみていると、新婚の夫が妻を抱いて部屋に入る画面がよく出てくる。あれを見るたびに私は改めて日本の男の力について考えずにはいられない。軽々と女を横に抱えて歩調を乱さず、部屋に入れる日本の男は一体何人いるだろうか。

日本にも昔は力持ちがいた。ただ日本の力持ちは、祭に米俵を何俵担いだとか、戦後の食糧難にメリケン粉何貫匁《かんもんめ》背負ったとかいう力持ちである。抱えるときに「えいッ」とか、「やッ」とか掛け声をかける。つまり、背負うとか担ぐ力はあるが、女を抱く力というものは歴史的に養われていないのである。従って日本の女は力強き男のかいなにいだかれる幸福を知らぬ。

『愛子の日めくり総まくり』

第四章

女

全く女は生《き》まじめである

美しい女性が増えた理由

このごろの若い女性を見ていると、一様にそれなりの美しさを持っていることに感心する。わたくしの若いころには美しい女の数はきわめて少なかったが、いまは美しくない女の方が少ないのではないかという気がするくらいだ。それだけ女が美しくなることに熱心になり、かつ、美しくなるためのありとあらゆる方法が提示され、それを実行するだけの経済力を女が身につけたせいであろう。

『こんないき方もある』

女であることの喜び

女は男から〝見られる〟ことによって自分が女であることを実感する。女であることの喜びを噛《か》みしめる。もしこの世に女を見つめる男がいなかったなら、この世はどんなに味気ないものだろう。

『私のなかの男たち』

本当に必要なこととの区別

いまの二十歳代の女性は私などの二十歳のころの三倍も四倍もの知識と思考力と行動力を持っていると思う。自分の力で、個性的に生きるための基礎的な教養を身につけている人がけっして少なくないと思う。

しかしそれでいて案外、どうでもいいことと、本当に必要なこととの区別がついていないのではないかという気がする。羽織の色ばかりでない。世の中にはどうでもいいことというのは案外たくさんあるのである。

『こんな幸福もある』

男性によりかかった価値基準

われわれ女性はまだ真の意味で男性から独立していないのではないだろうか。女性は現実生活の中でやたらに強がっているだけで、まだまだその精神は男に依《い》存《ぞん》しているように思われる。女の離婚や再婚に対して一般女性の考え方が批判的であるのは、男性によりかかった価値基準で結婚ということ、女というものを見ているからではないだろうか。

『こんな考え方もある』

根強くもひそやかな願い

女と生まれて、顔なんかどうだっていいのよ、などとすましていられる人は、世の中広しといえどもまずいないであろう。子供からお婆さんまで、女である限りは美しく見られたいという根強くもひそやかな願いが、たえず胸の底に燃えている。

『こんな幸福もある』

女の名誉

女にとってたいせつなことは、すぐれた一人の男からいかに深く愛されるか、ということにある。それがいまは、いかに多勢《おおぜい》の男の気を惹《ひ》くか、ということに重きがおかれている。一山百円の男から一山ごと愛されても、女の名誉でもなんでもないのである。

『こんないき方もある』

女の生命力

元来、女の生命力は男の比ではない、それくらい強いものだった。それを知った男は、一所懸命に男社会を作って、女の力を撓《た》めようとした。そうして幾変遷《いくへんせん》の末、男は女の力に頼る方がトクだということを知り、女の力に押し切られた格好をして、本当は女に何もかも委《まか》せて責任のないラクな身分になりたいと考えているのかもしれない。

人のいい女は元気に委せてあれもこれも一人で背負って頑張り、やがてヘトヘトになって行く。男はそれをニンマリ待っているのかもしれないのである。

『こんな暮らし方もある』

キリキリまい

全く女は生《き》まじめである。その生まじめさで一生懸命、家庭作りに邁進《まいしん》する。家計のやりくりをし、住居を住み心地よくし、貯金をし、亭主を出世させ、子供を一流大学へ入れたいと思う。その現実を作るべく必死にムキになる。自分は買いたいものも買わず、行きたいところへも行かず、かくのごとく夫、子供、家庭のために尽くしているという自負が、その活動に勢いをつける。

「あたしはこんなに一生懸命やっているのに……」

という言葉が何かにつけて出る。そういわれればまことにそのとおりなので、はたの者も黙って、それを聞いているよりしかたがない。

「あたし一人キリキリまいさせて、あんたたちはなによ！」

と怒る。しかしキリキリまいは彼女の勝手であって、いうならば好きでやっているることなのだ。

『こんないき方もある』

変化していく愛の形

愛の形というものは、年を加えるに従って変化していくものだと私は思っている。

十代の頃、私は愛することより愛されたいという欲望でいっぱいだった。

それから二十代、三十代と年代を経て、四十代の後半にはいるまでに、いつとはなしに少しずつ、愛されることより愛することのほうに幸福を感じるようになってきたように思う。

『こんないき方もある』

それでも愛情がほしい

愛情をほしいと思わなくなった時、女はもう終りである。私はそう思う。いい年をしていつまでも人の愛情を求める女は愚《おろ》かな女で、ある精神年齢に達した女は愛されることよりも愛する人間へと身を転じねばならぬ。といった人がいる。しかし、愛されない人間、愛されたいと思わぬ人が、果たしてどこまで人を愛することが出来るだろうか?

『愛子のおんな大学』

マコトの女がここに

私はやきもちをやいている奥さんを見るとマコトの女がここにいると思う。やきもちとは全く不合理なものだ。その不合理に身を投じているときの女はかなしく、いとしいマコトの女なのである。

『こんないき方もある』

第五章

戦争

荒れはてた焼土《しょうど》で

ウォー・イズ・オーバー

長い戦争はやっと終った。まったく長い戦争だった。それは私が女学校二年の時に始まり、結婚して二年目にやっと終ったのである。私の青春期はその中に埋《まい》没《ぼっ》している。

『こんな老い方もある』

生きのびるために

愚者《ぐしゃ》は愚者なりに生きのびるために自分を変える。戦火のただ中にあっては、人は本能的に自分で自分を鈍感にする。鈍感になることによって人を殺し、我が身を守るのである。

『丸裸のおはなし』

日本は降参《こうさん》したらしい

終戦の詔勅《しょうちょく》のラジオを私は舅《しゅうと》たちと一緒に聞いたが、意味不明で何のことやらわからなかった。舅は、

「つまり、耐え難いことも多いが、がんばってくれよ、ということやろう」

といった。

日本が負けたことがわかったのは夕刻である。

「日本は降参《こうさん》したらしい」

と舅は訂正した。

「あんたたちに遺《のこ》してあげるつもりやったが、これでもう、何もなくなったよ。そのつもりで、この後はあんたらの力でがんばって下さいや。子供のために」

舅はそういったが、私には何の感動もなかった。「遺してあげるつもり」のもの、というのは何なのかも考えなかった。私はただ、

「はあ」

といっただけである。悲しくも口惜《くや》しくもなかった。これからどうなるか、全面降伏だ、えらいことになる、という声を聞いたが、それでもぼーっとしていた。

そのうち少しずつ希望が湧《わ》いてきた。

――さあ、これからだ、という思いが湧いてきた。といっても、何が「さあ、これから」なのかわからない。ただそういう希望みたいなものが、ぼんやり私の中に射《さ》し込んできたことをはっきり憶《おぼ》えている。

『こんな老い方もある』

「鬼畜米英《きちくべいえい》」という言葉

日本がアメリカやイギリスと戦争をしていた時、「鬼畜米英《きちくべいえい》」という言葉を考え出したのはどんな人だったのだろう。敵に対する敵愾《てきがい》心をかき立てるために考え出されたものにせよ、あまりに単純お粗末、知性のカケラもない言葉である。

『こんな暮らし方もある』

ジープに乗ったアメリカ兵

そのうちにあちこちの街《まち》にジープに乗ったアメリカ兵が現われ、子供たちにチョコレートやチューインガムをくれるようになった。だからジープが現れると、子供たちは先を争って走り寄って行く。アメリカ人が鬼でなかったことを最初に認識したのは、この子供たちかもしれない。おとなたちは、「大丈夫か、ドクなんか入ってないか?」などと心配したが、そのうちにおとなもアメリカ兵からタバコや菓子を恵んでもらうようになった。

それでも中には頑固な人がいて、「ついこの間まで鬼畜鬼畜と罵《ののし》っていた奴らから食い物を貰《もら》うなんて恥を知れ!」と憤慨《ふんがい》していたが、その人たちも逐次《ちくじ》空腹に負けて、アメリカ軍兵士の戦場携帯食を貰って食べるようになった。

「これが向こうの兵隊のベントウか。こんなうまいものを食ってるんだもん、勝つよな、チクショウ!」

『こんな暮らし方もある』

上野のヤミ市を見下ろしながら

そのころ、東京の上野《うえの》界隈《かいわい》は見渡す限りの焼土《しょうど》だった。

雨が降ると、町全体が泥沼のようになり、晴れて風が吹くと、砂漠《さばく》のように土埃《つちぼこり》が舞いあがった。そしてそこを、疲れ、お腹をすかせた人々が、うろうろと歩きまわっていた。

駅からつづくヤミ市には、まるでお祭りのように人がひしめき、浮浪児や復員兵やカツギ屋でいっぱいだった。

人々は思い思いの服装をし、その千差万別ぶりは、かつてどの時代にもなかったものにちがいない。モンペ姿があるかと思うと、裾《すそ》も引きずらんばかりのペラペラな派手なドレス（それはたぶん、進駐軍《しんちゅうぐん》の放出古着だったのだろう）。そうかと思うと軍隊毛布で作ったスーツあり、毛布のオーバーありというありさまだった。

男のほうも兵隊服、背広、飛行服と、さまざまだった。焼土には急造のバラックがあるかと思うと、防空壕《ぼうくうごう》の住居あり、焼けビルの住居あり、焼け残った家は黒くすすけ、瓦礫《がれき》の中に貧弱な野菜畑が散在していた。

そして、そんな街の上を、声をいっぱいに明るく張った並木路子《なみきみちこ》の『リンゴの唄《うた》』が流れていた。

そのころ、私は上野近くの焼け残った一画にある葬儀屋の二階にいた。西日のさしこむ小窓から、一日じゅう人の群れているヤミ市が見わたせた。『リンゴの唄』はそのヤミ市から流れてくるのである。

『こんな幸福もある』

自由へのあこがれを育てていった『リンゴの唄』

窓の下の共同井戸で洗たくをしながら、声をはりあげて歌う娘さんがいた。彼女は娘さんだが私と同い年だった。そうだ、私はまだ二十二なんだ、と私は急にそう気がついた。二十二歳といえば、まだ若いということにも……。『リンゴの唄』はいつか私の中に、自由へのあこがれを育てていったような気がする。私はその娘さんのように、思いきり声をはりあげて歌ってみたかった。そして、もう長い間、私には大声で歌うなどという生活がなかったことをその歌は私に思いださせたのだった。

〝別れる〟という考えがはじめて芽ばえたのはそのときである。私はもう希望のない生活に堪《た》えられなくなっていた。『リンゴの唄』の流れる町は活気にあふれているのに、私はあまりにみじめに思われた。私は私の可能性に向かって進んでいきたいと思ったのだ。

その後、実際に夫と別れるまでにはさらに何年かの年月を数えなければならなかったが、今から思うとそのときこそ、私の心が自分の新しい人生に向かって第一歩を踏み出そうとしたときだったのだ。『リンゴの唄』は今ではもう人々から忘れ去られようとしている歌だ。敗戦後のあの荒れはてた焼土に家が建ちビルが建ち、道路がふえ、自動車がひしめくようになっていくにしたがって、人々の記憶から薄れてゆくあの時代の困苦《こんく》や風俗と同じように、あの歌は消えようとしている。

だが、それは私には忘れられない、人生の歌である。

『こんな幸福もある』

いえなかったサヨナラ

人と人が別れるとき、「サヨナラ」というものだと私たちは思っている。しかしよく考えてみると「サヨナラ」といって別れることが出来る別れは倖《しあわ》せな別れだ。

戦争の頃、私たちは戦争に行く人に向かって「サヨナラ」ということが出来なかった。何か月後には、死んでしまうかもしれない人との別れに「サヨナラ」はあまりにむごい響きを持っているように感じられた。私たちが「サヨナラ」を気軽にいえるのは、その人といつかまた会うという安心があるからなのだ。

『こんな幸福もある』

戦争に負けて、私は蘇《よみがえ》りはじめた

私は日本が戦争に負けたとき、祖国が敗れたという悲しみの底から、しかし、これからよくなるぞ、という漠然《ばくぜん》とした希望のようなものが生まれたことをハッキリ覚えている。私はその頃、岐阜県の中山道に沿った宿場町の婚家先に弟や姑と暮らしていたが、夫は麻薬中毒、先に希望もない暗澹《あんたん》とした日々であった。私はその時の自分を、物資には恵まれているが、〝生ける屍《しかばね》〟であると思ったものだ。しかし、生ける屍である自分を蘇《よみがえ》らせるための、どんな方法もなかった。第一、そんな気力もなかった。私は〝嫁〟という観念にがんじがらめになっていたのである。

戦争に負けたとき、私はこの結婚を破壊したいと漠然と思った。これから、女が一人で生きていくことの出来る世の中が来るだろうと思ったのだ。

『こんな幸福もある』

言葉を述べたてなくても

昭和二十年のある日、空襲警報が出ている道で、私は友達と別れた。

「この次はいつ会えるかわからへんけど、元気でいてね」

「うん、あんたもね」

と私たちはいい合った。

その時、もしかしたらこれが見納めになるもしれないと思って私は友達の顔を見たことを憶えている。日本の主要都市が次々に爆撃されていた頃である。

戦争が終ってその友達と会った時、彼女はいった。

「あの時、私ね、心の中でこういうてたんよ、死なんといてよ、アイチャン、死なんといてよ、って……何ともいえん気持やったわねえ」

「でも、ふしぎに我々は泣かなかったわ」

「ほんとやね、泣かなかった……」

「兄が戦地に行く時も泣かなかったわ」

「戦地と聞いても泣かへんかったよ。ただボッーとしてただけで」

我々は強かったわけではない。強くならなければ、と思ったわけでもなかった。我々は不幸に対して馴《な》れっこになっていただけなのだった。

元気でいてね、あんたもね、という、ただそれだけの挨拶の中に籠《こも》っている万斛《ばんこく》の思いがお互いわかっていた。

「うちの姉貴、死んだんよ」

「えっ、どこで？」

「工場の空襲で」

「！……」

悔《くや》みや慰《なぐさ》めの言葉を述べ立てなくても、十分に気持は伝わった。すべての日本人が同一の現実を生きていたからである。別れ、死、餓え、家の焼失、一家離散――それらはすべての日本人の上にふりかかる災厄《さいやく》だった。皆が同一の不安と不如意《ふにょい》を抱えていた。不幸の苦痛は共通のものだった。


『老兵は死なず』

映画館に響き渡る号泣《ごうきゅう》

敗戦後何年目の頃だったか、私が渋谷の映画館で『きけわだつみの声』を観ていると、どこからともなく、すすり泣きが聞こえて来て、それがやがて男の号泣《ごうきゅう》になって行った。シーンと鎮《しず》まり返った場内のすみずみまで、俳優の声に重ねて号泣が響き渡り、それが止まらない。まわりがハナをすする音がはじまったのは、その号泣の主の心情に惹《ひ》かれてのことである。おそらく号泣の主は戦場から九死に一生を得て生還した兵士か、あるいは戦地に散華《さんげ》した息子を持つ父親かのどちらかであったのだろう。

『こんな暮らし方もある』

小説を書いて生きて行こうと思った

私の「青春」は独身に戻った二十五歳から始まる。戦災で焼け爛《ただ》れた東京は、私には限りない可能性に満ちている沃野《よくや》に思えた。何よりもそこには「自由」があった。これからはいいたいことがいえ、したいことが出来るのだった。自分以外の者の意思で生かされまいとすればそれが出来るのだった。

私は小説を書いて生きて行こうと思った。

『こんな老い方もある』

遅咲きの青春

いわゆる青春時代といわれる時期を、防空演習や食糧難の明け暮れの中に消費してしまった私には、三十歳前の文学少女（？）時代、売れない小説を書いては同人雑誌の仲間と、渋谷や新宿のぬかるみを歩きまわった頃が青春だったと思う。

『こんな考え方もある』

第六章

血

父、母、兄姉たち

愛子は文才があると洩《も》らしていた父

結婚生活に絶望して、何とか一人で生きて行こうと考えたのは二十六歳の時である。それまで文学というものとは無縁に過していた。父が小説家であったから、本は家中にあったが読んだことはなかった。小説を読むのはあまり好きではなかった。

ひとりで生きて行こうと考えたとき、小説を書く、ということが頭に浮かんだのはなぜだったろうか。ほかに出来ることが何もなかったことと、私の手紙を読むたびに父が、母に向って愛子は文才があると洩《も》らしていたということを聞いていたためであろう。

『枯れ木の枝ぶり』

父は母との恋愛のために家庭を破壊した

母が父と一緒になったとき、父は四十歳で母は二十一歳だった。〈結婚したとき〉といわずに一緒になったときと書いたのは、父と母とは普通の結婚式を挙《あ》げて夫婦になったのではないからだ。父は母との恋愛のために家庭（妻と五人の子供）を破壊し、原稿用紙と寝まきを入れた小さな柳行李《やなぎごうり》一つを持って家を出て母と一緒になったということだ。その時、母は女優だった。そして父は日本座という劇団を率《ひき》いている劇作家だった。

『こんな考え方もある』

人は父のことを狂気の男だといった

私の父は昭和の初期に少年小説を書いて、少年たちに正義や忠君愛国《ちゅうくんあいこく》を教えようとした小説家である。しかしその十年前に父には女のために家庭を破壊した狂恋の男として社会から指弾《しだん》された惨澹《さんたん》たる時代があった。その女というのが私の母で、その頃は女優であった。

父は私の母のために家庭を壊し、劇団を作った。大正の初期のことであるから劇団を作っても、そう終始、公演が出来るわけはない。また出来ても客は入らない。しかし客が入らなくても私の母は、芝居さえしていれば機嫌がよいという女であったから、父は貧乏劇団を維持するために死に物狂いで仕事をした。劇団には収入がないから、父の原稿料で十数人の座員を養ったのである。

父は座員のために家を二軒借りた。座員たちは公演のない時はその家で花札をうったり、将棋をさしたりして遊んでいる。そうして彼らが遊んでいる間も父は明日の彼らの米代を心配し、次の公演先を探し、その演《だ》し物を考え、その上に自分が破壊して来た家庭に送金するために必死で小説を書いた。その時、父はペン一本でおよそ十四人の人間を養っていたという。

人は父のことを狂気の男、アホウ、ダッタン人だといった。女ひとりのために、これだけの苦闘をあえてなし、家庭を苦しめ、人から顰蹙《ひんしゅく》されている男。今と違って厳しいモラルが人を縛っていた時代であるから、父の苦闘は単に金の問題ばかりではなかったであろう。

おそらく人はみな顰蹙するであろう父のこの時代のこの苦闘が、後になって私を何度、ふるい立たせてくれたかもしれない。

『こんな幸福もある』

母は一生を平凡な家庭の妻で送りたくなかった

大阪の古道具屋の九人兄弟の中の長女として生まれた母は、少女の頃《ころ》から無口な、何を考えているかわからない無表情な子供だったという。しかしいつも黙っている一見おとなしそうなこの少女の胸の中には、一生を平凡な家庭の妻で送りたくないという、漠然《ばくぜん》とはしているが、熱烈《ねつれつ》な野望《やぼう》があったのだ。はじめ母は学校の教師になろうと思ったという。しかしすぐに教師などつまらないと思った。そしてアメリカへ渡ろうとも考え、英語学校へ通ったりした。とにかく母は、どんな形でもよい、自分一人の力で自分の人生を開いて行くという生き方をしたかったのだ。幼い時から私は何度、母の口からその時の若い情熱について聞かされたことだったろう。

母はある日神戸の町角で、女優養成所の募集を見て立ち止まった。そして両親に無断で試験を受け、そこへ入ってしまったのである。だから母は、演劇に憧《あこが》れて女優になったわけではない。自分の人生を開花させる一つの手段として、たまたまそれを選んだにすぎないのだった。

今考えてみれば、こういう考え方を持った母は、当時の女としては珍《めずら》しい方だったのではないかと思う。母は養成所時代から将来を楽しみにされていた有望な生徒だったらしい。やがて母はそこを出て東京へ出て来たが、その時、紹介《しょうかい》する人があって劇団を率《ひき》いていた父のもとを訪れたのだ。

父と母のめぐり合いは、父の人生をも母の人生をも狂《くる》わせた。父は母を愛した。そして熱狂的な性格の父は、やがて母のためにそれまでの家庭を破壊することを決心するに至《いた》ったのである。

『こんな考え方もある』

不良少年だった四人の兄たち

今はもう一人もいなくなってしまったが、私には兄が四人いて、その兄がかわるがわる親に心配をかけていた。学校へ行くフリをして遊んでいたり、授業料を使い込んだり、喧嘩に明け暮れたり。その度に父は怒って怒鳴ったものだった。「出ていけッ！　お前のような奴は勘当《かんどう》だッ！　二度と家の敷居は跨《また》がさんッ！」

私は「不良少年」とか「勘当」とかいう言葉を聞くと一種の懐かしさを感じるが、それらの言葉は幼い頃の歌のように、私の思い出の中に漂っているからなのである。

『女の学校』

兄たちが不良になった理由

四人の兄は母の産んだ子供ではなく、私と姉だけが母の本当の子供であるということを、いつ、どんな風にして知ったのか、私は思い出すことが出来ない。父と結婚する前、母は三笠万里子《みかさまりこ》という名の女優だった。父は母に恋をし、女優をつづけさせるという約束をして強引に母を我がものにした。父は兄たちの母と離婚し、その人は後に亡くなった。兄たちが不良になったのは母がそんな事情のもとに父と結婚したためである。

『こんな幸福もある』

だって、おもしろいじゃないか

私はサトウハチローの、二十歳違いの末妹である。私がもの心ついたころ、兄はもう結婚していて子どもがあった。兄の長女は私より一歳年上である。兄は十九歳で父親になったのだ。従って私は一緒に兄妹喧嘩をしながら育ったという兄妹ではない。子どもの私には兄はもう、おとなだったのである。

しかし、このおとなは何だかしらぬが、けったいなおとなであった。兄は東京で世帯を持っていて一年に二度か三度、私の家へくるのであったが、きている間じゅう、おかしな話をして私を煙に巻いた。

兄は美術学校のニセ学生であった時の話をした。ニセ学生なのにでかい顔をして教室へ入りこみ、ヌードモデルのデッサンを描いたりしていたのである。そのころの美術学校にはおかしな人間が集まっていたらしい。兄はその仲間と連れ立って上野の山をすっ裸で走った。一糸《いっし》まとわぬ丸裸であるから、当然おまわりさんが追いかけて来る。

と、別の方向からまた一人、裸が走り出る。それを見ておまわりさんはそっちの方を追いかけはじめる。と、また別の裸がさっとその前を横切ったりする。

「おまわりさんは、あっちこっちと追っかけて、ヘトヘトになってしまうんだよ」

と兄は私に話してくれた。私は呆気《あっけ》にとられ、また心配でもあり、

「なんで、そんなことするの？」

と聞くと、兄はすまして

「だって、おもしろいじゃないか」

というのであった。今から思えば兄はストリーキングの元祖なのである。

『丸裸のおはなし』

長兄サトウハチローのデタラメ話で社会勉強

「ハッチャンの話ときたら、どこまで本当だかわからない」

といいながら、皆、おもしろさに惹《ひ》かれて話を聞きにくる。

私は兄のそんなデタラメ話によって、いろんな社会勉強をした。「お女郎屋《じょろうや》」などという言葉も兄によって知ったし、男というものは万難《ばんなん》を排して浮気をするものである、ということも兄によって知った。「淋病《りんびょう》」という特殊な病気があることを知ったのも兄によってである。

考えてみればどうもロクなことを教えられていないようであるが、ただそのおかげで、チョットやソットのことでは驚かない女になれたような気がする。

『丸裸のおはなし』

母が語った一番華やかで幸福な時代

母が大切にしている写真帳には、花環《はなわ》に埋もれた母や、贈られた緞帳《どんちょう》の前の母の写真が何枚も貼《は》ってある。私がもの心つく頃《ころ》からずっと後まで、母は何かというとそれを取り出して眺め入っていたものだ。その写真の中には、新派の名脇役といわれている故大矢市次郎《おおやいちじろう》氏や、新国劇の故久松喜世子《ひさまつきよこ》さんなどとの舞台もあり、母はその一つ一つを指さしてはいろんな思い出話や説明にふけるのだった。その頃が母にとって一番華やかで幸福な時代だったのではないだろうか。母は舞台の脚光《きゃっこう》を浴《あ》びることによって、不良少年の継母《ままはは》といわれたことも、家庭の破壊者といわれたことも、耐《た》えて行くことが出来たのだと思う。

だが母の女優生活はやがて、色んな事情で挫折《ざせつ》してしまうことになった。最初の男の子が生まれて間もなく死亡し、次に私の姉が生まれた頃になると、父は次第に母に対して家庭の女となることを要求するようになって来たのである。

『こんな考え方もある』

女なんてつまらないねえ

昔、母はよく私たちに向かって、

「女なんてつまらないねえ」

とひとり言のように呟《つぶや》いたものだった。

「どうして女はこう結婚したがるんだろうねえ」と誰《だれ》かが結婚するたびに、歎《なげ》くようにいった。

「結婚生活なんて、何がいったい面白《おもしろ》いんだろう……」

母は私の姉や私が結婚する時でさえ、そういった。

母の中にはきっと、舞台への夢が四十になっても五十になっても残っていたのだ。自分の力で築く人生ではなく男（夫）に依存して暮す生き方というものに、喜びがある筈《はず》がないと母は、思いきめているのだった。


『こんな考え方もある』

母の中に見たかなしみ

母は昔からよく、女には珍しく理性的な人、といわれて来た。母のいい分はいつも客観的で正しく、人を納得《なっとく》させる力があった。母に女の友人が殆《ほとん》どないのは、物事に対する興味の置きどころに女性らしい点がないからだと人はよくいった。

しかし五十歳を過ぎた頃から、母は自分の写真を撮《と》られることを極端にいやがるようになったのだ。

「あの三笠万里子《みかさまりこ》がこんなになったと思われるなんていやだよ」

母はそういった。三笠万里子なんて、もう知っている人などいやしないのに――私は心の中で意地悪《いじわる》くそう思う。しかし、そうした母の中に、私の女の中でも最も女らしい、かなしみ深い女としての母を見るのである。

『こんな考え方もある』

常に理性的であろうとした母

母は滅多《めった》に外へ出ず、いつも茶の間の前の長火鉢の前に坐ってつまらそうにじっとしていた。家事は何もしない。台所へ立ったことも、箒《ほうき》を手にしたこともなかった。まるで根が生えたように一日中、じっとしていて、何かというと「大局的見地に立ってものごとを見なければ」とか「理性のない人間はダメだ」などといつも論評していた。私の姉は遊び好きで、三日家にいると頭が痛くなるというタイプだったが、その姉のことを、「精神生活のない人間は用もないのにやたらに外へ出たがる」という言葉で説教していた。当時の普通の母親なら、「娘が表へ出たがるなんてみっともない」といって叱《しか》ったところである。

「精神生活」とはどういうことか、子供の私にはわからなかったが、そういうことをいう母は、よそのお母さんとは違う、何か特別上等の母親のように私には思われたのだった。

『幸福という名の武器』

愚行《ぐこう》を正当化しようと奮闘した父

私は思うのだが、子供が親から得るものは、必ずしも立派な言葉や模範的な行いからとは限らない。その教えがあまり立派すぎて、愚《おろ》かな子供の頭を通り抜けて行くだけ、という場合もある。反対に私の父のようなムチャクチャな奮闘が、ムチャクチャな分だけいっそう強まった力で何十年か後に娘の苦闘を励《はげ》ますこともあるのだ。

狂気の愚行《ぐこう》といわれた父は、その苦境を打開し乗り越えることによって愚行を正当化した。乗り越えなかったなら、愚行は愚行のまま終わったであろう。そんなことも私はそこから学んだ。私の無鉄砲さ、突進力、生きることへの情熱はまぎれもなく父から得たものである。言葉ではなく、訓《おし》えではなく、父はその生きざまを隠さぬことによって私に言葉以上のものを教えてくれた。

『こんな幸福もある』

父のように生きることによって

私は母のような人間になろうとしたがなれず、父のように生きることによって
漸《ようや》く自分の生き方が安定した。

『愛子のおんな大学』

第七章

子供

人間が作った唯一つの自然

人間が作った唯一つの自然

子供は、人間が作った唯一つの自然である。それは一本の木、一輪の花が、光を受け風にそよぎ雨に打たれているように存在しているものだ。

『三十点の女房』

自分をタナに上げなければ

だいたい教育なんて、自分をタナに上げなければ出来るものではない。タナに上げずに子供を教育出来る親（あるいは教師）がいるとしたら、私は感心するよりもむしろその人がこわい。

『娘と私の部屋』

点数がいいことより大切なこと

私のいいたいことは、点数がいいことと、人間がいいこととはカンケイない、ということで、私は点数がいいことよりも、人間が正直であったり、ノンビリしていたり、面白い人であったりする方が好きだということなのである。そしてまた、点数がいいということと、その人の人生の幸福を築く力とはたいしてカンケイないとも思っている。

『娘と私の部屋』

幸福行きの電車

幸福に暮すとはどんなことか。幸福とはひとりひとりみな、違った形のものであるはずなのに、ひとつの形のものだと思っている。幸福行きの電車なんてあるわけはないのに、進学することがその電車に乗ることだと思っている。その一途《いちず》な思いこみのために、教育ママは孤独な奮闘をしなければならないのではないだろうか。

ことは簡単。

「子供の幸福は子供が築け」

キッパリ、そう思えばいいことではないんですか。

『女の学校』

不公平な親と子の関係

親と子の関係において、どう考えても子より親の方がブがいいのは、親は子供の成長過程を逐一《ちくいち》見て知っているが、子は親の成長過程を知らぬということである。

『娘と私の部屋』

社会に生きるということ

社会に生きるということはこれ、差別の場に入ることである。知的能力のない者とある者との間には劃然《かくぜん》たる別があることは、現代社会に生きる我々が一人残らず身に染《し》みて知っていることではないか。やがてはその社会に打って出る子供たちを、なぜ差別から守って育てなければならないのだろうか？　なぜ差別に対する耐性《たいせい》を育てようとしないのだろうか？

『さんざんな男たち女たち　憤怒のぬかるみ』

何でもかでも「世の中のせい」

子供の盗みは「親が悪い」とされた時代がある。簡単明瞭。どんないいわけも通らない。そのため親は世の中の人に申しわけないと恥じ入って、子供を厳しくしつけようとした。それが親のなすべきことだったのだ。

だがこの頃は、子供の不始末は親のせいではなく、「世の中のせい」になった。何でもかでも社会機構にその原因があるという風に解明すれば、親は責任逃れが出来るし、その方がもっともらしく聞こえるのである。

『女の学校』

立派な教育論

立派な教育論ほど、凡婦《ぼんぷ》には実践出来ないように出来ているものだ。

『娘と私の部屋』

性教育について

私は性教育というものがニガテなのである。私は何ごとも明快素直なことが好きだが、このことばかりはあまり明快を好まない。明快にしてしまうと、何だか面白みがなくなっていくような気がしてならないのだ。女の子が男の生理について知り尽くし、男の子が女の生理について知悉《ちしつ》しているということは、必要であるという識者《しきしゃ》がおられる。

必要である、と断言されると、はあ、そういうもんですか、なるほど、そうかもしれないねえ、と思ってしまうが、一方でひそかに、けど早いうちから何でもかでも知識として与えられるのは人生、面白みがないねえと呟《つぶや》く声が私の中にある。ああでもない、こうでもなさそうだと考えて、少しずつ知って行く――そういうものの積み重なりで人生というものは成り立っているのだ。

『娘と私の部屋』

子供も産んでみなければ

この頃、小学校で男子に裁縫《さいほう》や料理を教えるという。なぜかと聞くと女のすることをしておくと、将来、家庭を持った時に妻の仕事に理解が持てるからだということ。

いろいろしてみなければ理解出来ぬというのであれば、子供も産んでみなければなるまい。

『愛子の日めくり総まくり』

母親の自分流の思い込み

我々母親は色んなことを自分流に思い込んでしまっているものである。子供にとって何が困るといって、この母親の思い込みと自己満足ほど困るものはないのではあるまいか。自分は子供を深く愛し、子供のために尽し、誰よりも子供をよく理解し子供の将来の幸福を一生懸命に考えている存在であると堅く思い込んでいる。よくよく分析してみると、彼女は子供を深く愛していると思い込んでいるだけで本当は自分自身を深く愛し、子供のために尽くしているように思い込んでいるが、本当は自分の好きなようにしているだけで、子供を理解しているつもりだが、それは自己流に解釈しているだけなのかもしれないのである。

『愛子のおんな大学』

わからないが泣けてくる

「へんな子……わけわからずにすぐ泣くんだから……。ママはそんな子、キライよ」

私はその子に心から同情した。どうして、どうして、とおとなはいうけれど、どうしてそうなるのか、自分でもわからない。

――わからないが泣けてくる。わからないが恥かしい。それがわかるくらいなら、苦労はしやしない。人に説明出来るくらいなら泣きはしないのだ。

私はその子の代りに怒ってるお母さんにそういってやりたかった。しかしたとえそういったとしても若いお母さんは多分納得しないだろう。人は母親になるとなぜか自分が子供だった頃のことを忘れてしまうのである。

『何がおかしい』

おばあさんの愛情

家庭というものは単純であるより、色々な眼、色々な意見がある方がいい。母親は寒い日でも薄着をさせて身心を鍛えようと考える。すると年寄りがいう。

「こんなに雪が降っているのに寒くないかい？　シャツをもう一枚着た方がいいよ」

すると母親は内心面白くない。自分の教育を邪魔されたと思って年寄りなどいない方がいいと呟《つぶや》く。

しかし子供の心にはその寒い朝のおばあさんの心配は必ず沈み積って行くであろう。それはあるいはくだらない、よけいな心配であるかもしれないが、その心配のもとである「おばあさんの愛情」は子供の心になつかしい沈殿《ちんでん》を残すのである。

『こんないき方もある』

つつましい幸福

若いお母さんが自分とお揃《そろ》いの柄の服を着せた小さな子供を連れて歩いている。私はそれを見るといつも涙ぐましい気持になる。気に入ったきれ地を買って来て（それも値段と柄の両方が気に入るまでに長い時間をかけて）まずそれで自分の服を作り、余り布で子供のを作る。子供の分も作るために、はじめに作ろうとしていたスタイルを布地が少なくてすむようなのに変更したりする。

そういうつつましい幸福を物語っている親子づれに道で会ったりすると私は、ふいに胸が熱くなるのである。私も年を重ねて、そういう姿に感動するようになった。かつては自分もそういう母親の一人であったのだが、その時は幸福も不幸もなかった。ただ無我夢中で子供を育てたものである。

『朝雨　女のうでまくり』

ちっともふしぎではない

女のひとの話を聞いていると、ちっともふしぎでないことを一生懸命ふしぎがっているのがふしぎである。

「お父さんが教育者なのに、どうしてあんな子供さんが出来たのか、ふしぎねえ」

教育者と父親というものは自《おの》ずから別モノであると思えば少しもふしぎではないのだ。

「お父さんもお母さんも頭がいいのに、どうしてあんたみたいな出来ない子供が出来たのか、ふしぎだわ」

これもちっともふしぎではない。ただ自分たちが頭がいいと自分で思いこんでいるだけのことなのである。


『愛子の日めくり総まくり』

第八章

性愛

愛とは本来、生活とは
無関係なところに存在する

あんないやらしいことをする男とは暮さへん

その頃、私たちは性を穢《けが》らわしいもの、恥かしいものという感覚で捉えていた。私の同級生の姉さんは結婚初夜に逃げて帰って来た、ということであった。あんないやらしいことをする男とは死んでも一緒に暮さへん、と姉さんは泣いて両親に訴えたそうだ。その時、両親はどんな顔をしたか聞き洩《も》らしたのが残念だが、その姉さんが一年後、私たちの女学校の運動会に赤ン坊を連れて来ているのを見て、私は笑ったものである。

『私のなかの男たち』

女はコマメさを喜ぶ

テレビに一人の中年男が登場して、男と逃げた妻に帰って来てくれと呼びかけていた。その妻は、彼等夫婦で経営していたスナックのバーテンと逃げたのである。バーテンはどんな男かというと「腰は低く、ネコの世話までコマメにやった」という。

このひと言にバーテンのすべてが表れていて、私は感心した。ネコの世話をコマメにやる男は人の女房にもコマメに手出しをするのである。女はコマメさを喜ぶものなのだ。

『愛子の新・女の格言』

男と女の最も平安な姿

女を抱いたあとで、男はまるで一仕事終えた大工のようにタバコをふかす。そばには女が試合に負けたレスラーのようにくたばっており、気息奄々《きそくえんえん》といった（人によってはこれをうっとりと表現する人もいる）格好でノビている。それを横目で見い見い、タバコをふかす男の心理の中には、「ざまアミロ」「とうとうくたばりやがったか」というような気持が隠されているように思えてならない。

「いとしき者よ、満足したか」

ではなく、

「どうだ、マイったか！」

である。中には、

「やれやれ」

とばかりに背中を向けてグウグウ眠ってしまうのもいるが、私はこの、

「どうだ、マイったか！」

の感じを比較的好もしく思う。そのとき、女は小さく小さく弱く、愛らしくなる。ふだんはいくら威張っていても、片方はタバコをふかしており、片方はノビているのである。

あの片方はタバコ、片方はノビている、という状況を、女の中には不愉快である、怪《け》しからぬ、という人もいるが、これぞ男と女の最も本質的な、最も均衡《きんこう》のとれた、最も平安な姿なのではないだろうか。少くとも私はその時の女に女の平安というものを感じる。男がノビては困るのだ。


『私のなかの男たち』

私は断言する

私は断言するが、一生のうち一度も浮気をしない男というものはこの世にいない。もしいるとしたら、その人はよくよくチャンスに恵まれなかった〝不運な人〟ということが出来るのである。

『愛子のおんな大学』

男の迷信

男というやつは自分の浮気は当り前のことと思っているが、女が（人妻が）浮気をするとその理由を知りたがる。というのも女は「浮気をしたがらぬもの」と頭から決めこんでいるからで、何か特別な理由がなければ肯《うなず》けぬのである。しかしそれは男の迷信であると思うべきではないだろうか。

人妻だって浮気をする。実際にしている率は男に比して少ないかもしれないが、少なくとも「いかなることがあろうとも、断じて浮気などすまいぞ！」と心に誓ったりしている人妻は一人もおらぬであろう。

『私のなかの男たち』

カタハラ痛い

男は女に対して一つの迷妄《めいもう》がある。それは女は男のようにはセックスしない、という迷妄である。男はふとした行きがかりで行きずりの女と身体の関係を持ったりするが、女はそうでないと思っている。自分は「穴さえあればいい」という気で女を抱くが、女は「サオさえあればいい」という気で男に抱かれたりしないと思っている。自分は好きでもない女を抱くくせに、女は好きな男にしか抱かれないと思っている。

私はそれがカタハラ痛い。それは男が女を甘く見ている証拠ではないか。「やった」とは男の実績が上ったことだと思っている、それが私にはシャクである。

『私のなかの男たち』

無邪気な男たち

なぜ、男は自分の女房だけ浮気をしない、と思えるのだろうか？　女房の産んだ子供を、なぜ、自分のタネであると思うことが出来るのだろうか？

『私のなかの男たち』

野球見物のあとで批評をいうのと同じこと

世に中には浮気を放置したために本気に進んで行った人もいれば、浮気を阻止しようとして騒ぎ立てたために、却《かえ》って本気になって行ったという人もいる。人さまざま、浮気いろいろなのである。ヤキモチやいてほしい亭主もいれば、女房がしゃべるだけでうるさいと思う男もいる。

人は結果を見て、ああしたのがいかんかった、こうすればよかったなどともっともらしくいうが、そんなことは野球見物のあとで批評をいうのと同じことなのである。

世の妻は夫の浮気に対して、静かに座し、眼を半眼《はんがん》にして夜半の嵐を聞くようなつもりでそれが通りすぎるのを待つ――それこそが理想の妻の姿だと私は思う。浮気浮気と目の色を変えなさるな。長い人生、一度や二度は夫に欺《だま》されてもいいではないですか。

『丸裸のおはなし』

仕返し気分の浮気は見苦しい

私は道学者ではないから、妻の浮気についてここで訓戒《くんかい》を垂《た》れるつもりはない。しかし男女平等を唱《とな》え、女性解放を叫ぶ一方で、かまってくれないからといって浮気をし、夫が浮気をするからには私もすると仕返し気分で浮気をするとは、いかにも見苦しい。

男の中にも、女房の不満不平を鳴らして、女をくどくのがいるが、そんなのは男の中の最低の男なのである。その最低の男の真似をすることはないではないか。どうしても浮気をしたければ、してもよいだろう。しかしその時は黙ってした方がよい。少なくとも夫のせいにするようなことだけはやめた方がいい。たとえ、本当に夫のあり方が妻の浮気を招いたのであったとしても、だ。それが、まことの女というものではないか。

『女の学校』

女へせめてもの礼儀

妻がいながら愛情を他の女に移すのは契約違反だ、けしからんと一概にいえるものでもなく、そうなるにはそれなりに妻の方にも責任がある場合もないではない。また何の落ち度もないのに、単に浮気性のためにこうなったという場合もあるだろう。

だが落ち度があるなしにかかわらず離婚をいい出した方は、すべてを相手に与えてトランクひとつで家を出るだけの覚悟を決めるべきであろう。離婚をいい出してておいて財産分与や慰謝料で自分のいい分を通そうとするのは離婚をいい出す資格がないと思うべきだ。私はそう思う。

私が男なら無一文で出て行く。それが不幸になった女へのせめてもの礼儀である。

『こんな老い方もある』

ベッドシーンについての考察

テレビドラマのベッドシーン、必ず男は上になってハーハーいい、女はクンクンいいつつ、のけぞって恍惚《こうこつ》の顔になる。

たまには阿修羅《あしゅら》のごとく、赤鬼のごとく、カッと目を怒らせ、あるいはハードル選手のごとく歯を食いしばり、はたまたポカーンと天井を見てる不感症がいてもよさそうなものに。いつもハーハー、クンクンじゃあ見る方も退屈するといえば、ある人、

「それだけモンクつけてれば退屈しなくてていいでしょう」

『愛子の新・女の格言』

愛の迷い

ハッキリいって私は三十の声を聞くまで、漠然《ばくぜん》とあこがれの気持ちを持ったことはあるが、恋愛というものを経験せずに生きて来た。

実際、友人たちを見廻《みまわ》しても、「愛の迷い」に悩んでいる人など一人もいなかった。

私たちは親のいうままに結婚し、波瀾《はらん》のない人はその夫を愛しているのかいないのかすら深く考えずに一緒に暮し、(勿論、夫の方も同様である)一緒に暮している間に毎日の生活が生み出してくれる愛情が自然に夫婦の絆《きずな》となって行く。

私たちはそういう形の愛しか知らない世代なのである。

『朝雨　女のうでまくり』

愛が存在する場所

愛とは本来、生活とは無関係なところに存在するものであって、それ故《ゆえ》、愛は生活を破壊する恐ろしい力を持つ。

『こんないき方もある』

不倫の愛

不倫の愛には安定はない。諦《あきら》めと忍耐はどこまでもついて廻る。そうでない場合は闘いとなる。愛人の妻との闘い、愛人との闘い、そして己の情念との闘いだ。だから不倫の愛に身を委《ゆだ》ねる人には、資格が必要だということになってくる。まず第一に経済的に自立していること、自分の仕事、進むべき道を持っていることである。それがあれば、朝から晩まで愛人のことばかり考えて暮らし、あらぬ妄想にさいなまれることからいくらか救われる。

『こんな暮らし方もある』

フィフティフィフティというわけにはいかない

不倫の愛人関係において、男性が払う努力の分量と女性の努力の量を比較した場合、どう考えてもフィフティフィフティというわけにはいかないだろう。

「俺《おれ》だって苦しんでいるんだ！」

と男はいう。たしかに不倫の愛を愉《たの》しんだツケは男にも廻《まわ》ってくる。しかし男は廻って来たツケを払えばよいが、女の方は人生そのものが曲がってしまう場合が往々《おうおう》にしてある。もしもその人生に悔いを抱いた場合、「男に欺《だま》された」とはいわず、「私は覚悟をもってこの道を選んだ」といえる自負心を持ちたい。男に気に入られようとして心を砕くよりも、私はその自負心を培《つちか》いたい。

『こんな暮らし方もある』

人間に対する愛情

人は日々の暮しの中で自分でも気がつかないところで、本当の姿、人間の愛らしさを表わしているものだ。その愛らしさに触れたとき、私の胸にはしみじみと人間に対する愛情が涌《わ》いて来る。愛想のいい人、礼儀正しい人、人からいい人だと褒《ほ》められる人、そういう人とは気持よくつき合えるが、本当のところが見えそうで見えない。

そんな風に考えると、相手が粗暴だったり、意地悪だったり不機嫌だったりしても、気にすることは全くないのである。

『女の学校』

物たちへの愛着

私たちの年代の者が古道具や廃物を捨てることが出来ないで、ガラクタに埋もれてフウフウいっている有様《ありさま》を若い人は笑う。しかし私たちがそれらの物を捨てることが出来ないのは、〝もったいない〟という気持ちのほかに、簡単に捨て切ることの出来ないそれらの物たちへの愛着があるからなのである。

『こんな考え方もある』

破局が来た場合

男と女の愛に破局が来た場合、どちらか片方が一方的に悪いということはない、と考えている。片方がどんなに相手を非難し、自分の正当性をいい立てたとしても、（そしてまた、外目にはそう見えたとしても）冷静に見ればその責任は本当はフィフティ・フィフティなのである。

だがたいていの人は、どちらか一方が悪いと極《き》めて現象的に判定を下したがる。悪いとか悪くないの問題をほじくるよりも「愛は終った」とさっぱりと考える方がいいのではないか。そう考えるよう、努力すべきではないのか。

『男友だちの部屋』

失恋の対処法

〝失恋〟というその人の人生にとって貴重な苦しみの経験を、なぜそんなに早く忘れなければならないのか。失恋は歯痛や神経痛とはちがうのだ。失恋とか離婚で受けた心のいたでは、手っとり早くなおしてしまうべきものではない。その苦しみをじゅうぶんに苦しむことによって次の人生への糧《かて》とし、その人の人生を太らせるこやしとするべきものなのだ。

『こんな幸福もある』

築いた愛を壊すということ

人を傷つけず、また自分も傷つかずに渡れる人生なんてないのである。愛するということも同じである。築いた愛を壊すということは、血を流すということなのだ。当たり前のことである。

別れたくなったのは、何のためか。単に飽きただけなのか、相手の欠点が目について来たためか、それとも新しい愛の対象が登場したためか。理由は何にしても、大事なことは人は常に誠実でなければならないということだと思う。いやになった恋人にも、新しい恋人にも、誠実でなければいけない。誠意をもって自分の気持ちを説明することだ。

『こんな暮らし方もある』

第九章

旅

無駄や期待外れも旅の醍醐《だいご》味《み》

旅に出てばかりいた

私は旅が好きで、若い頃から旅に出てばかりいた。若い頃であるから金はないが時間はたっぷりある。ズボンにセーターを着ただけの姿、それにレインコートをひっかけて、鞄《かばん》一つでどこへでも行った。信州高遠《しんしゅうたかとお》の更に山奥の鉱泉に一か月いたときは、髪は山窩《さんか》のように伸び、セーターは異臭を放って我ながらものすごい様相を呈《てい》した。家に帰ってくると愛犬が私の姿を見て犬小屋の奥深く逃げ込んだ。わが愛犬は押し売りがくると吠《ほ》えないでいつも逃げる。愛犬の目には私の姿はムショ帰りの押し売りと写ったらしかった。しかし旅行というものの本当の楽しさはそんなところにあるではないだろうか。

『こんな幸福もある』

汽車のデッキにヒラリととび乗る

新幹線が出来て以来〝旅〟の感覚はまったく変わってしまった。第一に汽車の窓から駅弁を買えなくなったということは、私には旅の最も大きな楽しみを奪われたことになる。若い頃、私は汽車の発車間際にプラットフォームを走って、動きかけた汽車のデッキにヒラリととび乗るのが得意だったものだが、そういう楽しみもなくなってしまった。

『こんな幸福もある』

荷物を持つのがいや

敗戦直後の食料難時代に、子供を背中に背負い、米や小麦粉を両手に提《さ》げて汽車を乗り降りする生活に明け暮れていたためか、平和が来ると同時に、ほとほと荷物を持つのがいやになってしまった。

『愛子の新・女の格言』

傘《かさ》を持つくらいなら

雨が降るかどうかはっきりしないから、雨具を用意して行こう、なんてこともしたことがない。傘《かさ》を待つくらいなら濡《ぬ》れた方がいい。

『愛子の新・女の格言』

そんなに急ぐ必要はないのに

とにもかくにも現代人は目的地へと急ぐ。それが今の旅である。たとえ行楽《こうらく》の旅であってもとにかく早く目的地に着こうとする。旅の楽しさは〝遠く〟（この遠くは必ずしも距離のことではない）へ行く、という感覚の上に成り立つものであったはずだ。野の風に吹かれたり、駅弁を買い損ねたり……そうした無駄の集積がかつての旅の面白みというものではなかったのだろうか。

そうした意味で旅というものほど非文明的なものはないのだ。現代には文明は時間を短縮し、労力を節約し、それによって人間の生活を豊かにしているという思い込みがある。だが便利さというものは、本当は人の心を貧しく鈍感にして行っているのではないだろうか。

『こんな幸福もある』

カイロの街頭ですれ違った日本人

カイロの街頭で私は四、五人の日本人の家族連れらしい一行とすれ違った。当方は私と娘とカメラマンの三人である。一行はなにゆえか、我々を侮蔑《ぶべつ》的な目で眺めながらすれ違って行ったが、その中の着飾った中年女が仲間にこう囁《ささや》くのが聞えた。

「いやァねえ、どこへ行っても日本人がいる……」

――そういう手前はなに人だ……

追いかけて行ってそう怒鳴ってやろうとして、私は娘に止められた。

『愛子の新・女の格言』

貧乏旅行の学生が羨《うらや》ましい

その頃は気軽に方々《ほうぼう》へ旅をした。若さというものはいいものだとつくづく思うのは、そんな貧乏旅行のことを思い出したときである。今はもう、ああいう旅は出来なくなってしまった。寝袋に入って駅で寝ている学生を見ると羨《うらや》ましいと思う。夜ふけに汽車を下り、駅裏の暗がりに出ている屋台でそばをする——そんな旅の情緒を味わいたいと思っても、「あのどんぶり鉢《ばち》はどこで洗うんだろう？バケツの水ですすぐだけではないのか？」などとすぐに頭に閃《ひらめ》いてしまう。

『愛子の新・女の格言』

旅の楽しみは半減した

年をとって来て一番困ることは、不潔さに耐えられなくなったことである。そのため、旅の楽しみは半減した。若い頃の旅が楽しかったのは、どんな場所でも平気で眠り、どんな食物でもうまいと思って食べることが出来たことだ。

『愛子の新・女の格言』

旅の趣《おもむ》き

旅の趣《おもむ》きというものは、山や谷のたたずまいにも増して、予想もしなかった期待外れがそれを深めるものである。何もかもなだらかに計画通りに行った旅は却《かえ》って面白みが残らないものだ。

『こんな幸福もある』

第十章

気質

私はそういう人間なのである

私の人生の特徴

楽天的で向こう見ず。

これが私の人生の特徴だ。

「楽天的な一生」といえば、一見、春の光に包まれているような暢気《のんき》な一生のようだが、実際には楽天家というものは苦労を浴びるように出来ているものである。

楽天家は現実に対して用心をしない。人を疑わない。何でもうまくいくと思う。これをよくいえば「希望を失わない」ということになるのだが、それは同時に「アホ」といわれることにもなるのである。

『上機嫌の本』

不幸の定義

したいように生きている限り、私は少しも不幸ではない。

『こんな幸福もある』

厄介《やっかい》な気質

賢者は人間、いかなる時でも平常心を失うなという。その通りだ、至言《しげん》だと私も思う。しかし私にはその「平常心」というやつがどんなものかわからないのだ。平常心とは「普段と変わらない落ちついた心」のことだろうが、私はふだんからそんな落ち着いた心の持主ではない。ふだんから、「矢でもテッポでも持ってこい！」という心でいるものだから、何かあるとすぐ逆上してつっ走ってしまうのだ。だから外からやってきた苦労を、自分で倍にも三倍にもしてしまう。

しかしその厄介《やっかい》な気質のおかげで、まあまあ元気に人生への情熱を失わずに生きてこられた。私がなめた苦労の数々は、「人のせい」ではなく、自分が膨張《ぼうちょう》させたものだと思えば、人を怨《うら》んだり歎《なげ》いたりすることはないのである。

『上機嫌の本』

怒りっぽいタチ

怒りというものは、決して溜《た》めておくものではない、と私は考えている。いや正直にいうと考えているというよりは、怒りを押えておくことが出来ないといった方が正確かもしれない。私はいったん怒りが触発《しょくはつ》されると、その場ですぐに発散させてしまわなければ、その怒りの充満のために心臓が破裂してしまうのではないかという気がしてくるくらい怒りっぽいタチなのである。

『三十点の女房』

いろいろと欺《だま》されて来た

余計なことは考えず単純に人生を突進して来た私は、おかげでいろいろとひどい目に会っている。信頼を裏切られたこと幾たびか。しかし、いろいろと欺《だま》されて来たおかげで今の私の存在がある。欺されてばかりいたので、いつか鍛えられて強くなった。そうしていっそう「欺されまい」と思わなくなった。欺されまいと思わなくなったこの心境を、私は有難《ありがた》いものに思っている。

『男の学校』

だからますます疑わない

私は疑うことが嫌いである。面倒くさい、といってもよい。疑うよりも信じた方がらくだから信じる。そのために私の人生は損をすることが多かった。招かなくてもすむ災難を終始背負い込むことになったが、人は背負い込んだことによって力が出るものだという確信を持つに到った。だからますます疑わない。損をしてもかまわないのである。その損から新しいものを産み出せばいいのだ、と考えれば、少しも傷は残らない。

『こんな暮らし方もある』

私はそういう人間なのである

こんなことをいうと人は信じないかもしれないが、私はかつて「失敗した」と思ったことがない人間である。自分の経歴について話すとき、「私は最初の結婚に失敗し……」

というういい方をするが、それは便宜上《べんぎじょう》そういっているだけであって、それを人生の蹉跌《さてつ》、失敗、と感じたことはない。

なぜそう感じないのか、と訊《き》かれてもはっきり説明が出来ない。とにかく私はそういう人間なのである。

『こんな女もいる』

失敗したとは思わない

冷蔵庫の中の残りものを、もったいないからとて食べ、みごとに下痢をする。そんなときですら私はあんなものを食べなければよかった、失敗したとは思わない。下痢によって腸内の老廃物がすべて流れ出た、と思う。これで肉体が「新しくなった」と思う。だから下痢どめなど飲まない。出るものがなくなったら自然と下痢は止まるのである。これで私の肉体は新しくなったにちがいない。

そう思うとせいせいするのである。

『こんな女もいる』

男運の悪さ

かつて私は自分を男運の悪い女だと思っていた。最初の夫はモルヒネ中毒、二度目の夫は会社が倒産して借金地獄に沈んだ。二度とも結婚生活が破綻《はたん》するということは、まさに男運の悪さの見本みたいなものだと思っていた。

『死ぬための生き方』

腹の立つ奴と嫌いな奴

私はよく怒る怖ろしい女として有名らしいが、よく考えると「腹の立つ奴」は沢山いるが「嫌いな奴」というのはさほどいないことに気がつくのである。

『老兵は死なず』

佐藤愛子は可愛い女

私はアネゴ肌でもなければ母性愛型でもない。まして巷間《こうかん》伝えられているような、おそろしき男まさりでは更にない。

何を隠そう私は「可愛い女」なのである。本来ならばこういうことは自分の口からいいにくいことなのだが、あまりに誰もいわぬので、シビレ切らして自分でいうよりしようがなくなった。佐藤愛子は可愛い女なのである。

「可愛い女」でなければ、なぜ破産したボンクラ亭主の借金を肩代りしたりするのか？　借金返しのためにエイエイと働いている時、亭主はバーの女などとエエことをしておった。あとからわかったことだが、亭主はそのバーの女に入れ上げる金まで、何のかのと口実つけて私からマキ上げ、バーの女の連れ子であるハナタレ小僧に威張られて、その機嫌をとっていたのである。

しかも、そのとき、私は離婚していてヤキモチやいて怒り狂う資格もなくなっていた。ヤキモチやく資格もないのに別れた亭主に金だけマキ上げられていた。

これが可愛い女でなくて何であろう。

と声を涸《か》らしても、それでもまだ誰も賛成してくれない。どこかでヒソヒソと、

「ざまアミロ」

といっているような気配さえ感じられるのである。

『私のなかの男たち』

心にもないことをペラペラしゃべるなんて

私はお茶席が大嫌いという野人だが、なぜ嫌いかというと、あすこでは心にもないことをペラペラしゃべらなければならないからである。

茶碗《ちゃわん》とかなつめとか茶杓《ちゃしゃく》とか、見てもわからず、従って見たくないものを勝手に目の前に並べられて、結構な唐津《からつ》でございます、などと褒めなければならない。

たまに結構でないと思うものもあるだろうと思うのだが、

「これは結構じゃありませんな」

といった人をいまだかつて見たこともないのも、何だか不自然でいやである。

『愛子の新・女の格言』

檻《おり》の中に入れられた動物たち

動物園へ行くと私はヘトヘトになる。ヘトヘトになって見る動物たちは、みんな元気を失っているように見える。私は人間でも動物でも溌剌《はつらつ》としているのが好きなので、檻《おり》の中で百獣の王といわれるライオンがぐったりして目を半開きにしていたりするのを見ると、自分が檻に入れられたようで辛いのである。

『幸福という名の武器』

勝った！

人は元気なうちにしておかなければならないことが沢山ある。我慢の力を養っておくのもそのひとつだ。私は将来、重病になって苦痛と戦わなければならなくなった時のことをよく考える。薬の力も及ばない苦痛に襲われた時は、我慢の力が頼りである。元気な時から苦痛を逃れることばかり考えていると、その時になって七転《しちてん》八倒《ばっとう》しなければならない。それが困る。

こんなによく効く薬があるのに、どうして飲まないの、と家の者は頭痛の頭を抱えている私にいうが、私は飲まずに頑張っている。まだ早い、この程度ではまだ頼ってはならぬと思う。そのうち気がつくと頭痛が治っていて、私は「勝った！」と嬉《うれ》しくなる。

『こんな暮らし方もある』

第十一章

老い

「楽しい老後」というけれど

今ここにある自分に満足する

かつて老人の老後の幸福として願ったことは心の平安というものではなかったか。それは「今ここにある自分に満足する」ということではなかったか。しかし快楽が幸福だと考えられるようになった今は、今ある自分に満足することがむつかしくなってきた。老いても容易に涸《か》れぬエネルギーが、「楽しい老後」を持ちたいという思いを膨張させる一方で、やがてくる病と死への不安は恰《あたか》も慢性の病気のように絶えず鈍い痛みを与えているのである。

『こんな老い方もある』

覚悟の毎日

愈々《いよいよ》わがはいも老境に入ったからには、覚悟、覚悟、覚悟の毎日だ。いつ死んでもよい覚悟。いつ仕事がなくなってもよい覚悟。いつ娘が嫁に行って一人になってもよい覚悟。またいつ娘が離婚されて帰って来てもよい覚悟。その時は孫を育てさせられるかもしれない覚悟。仕事がなくなったら家を売る覚悟。ボケて人から悪口をいわれる覚悟。卑《いや》しめられる覚悟。

もっとも、ボケてしまえば何もわからなくなるから、いくら覚悟を決めておいても無駄かもしれない。だからこの覚悟は私が決めるのではなく、まわりの人間に決めてもらうしかない。

『娘と私のただの今のご意見』

「楽しい老後」というけれど

年を忘れて恋をしなさいといわれても、これは相手がいることだから、年を忘れるのは自分よりも相手にお願いしなければならないことではないか、つらつら鏡を見れば相手にそれを望むのは無理であることがよくわかる。恋の相手は分相応の相手でなければ成立しがたいが、果して分相応の相手を好きになれるかどうか、これは難問題である。外国旅行を楽しみなさいといわれても、すぐに腰痛が起ったり、苛酷《かこく》なスケジュールにヘトヘトになったり、ツアーの中に必ずいる遅刻常習者や忘れ物の名人などに腹を立てたりして、折角《せっかく》の外国旅行が楽しいどころか疲労と怒りの日々になるであろう。「楽しい老後」と情報提供者はこともなげにいうけれど、体力（若さ）を失っている身には、そう簡単に手に入るものではないのである。

『こんな老い方もある』

ばあさんの漫才師ではあるまいし

七十歳になっても五十代に見え、真紅《しんく》のドレスの似合う人は、それだけのエネルギー、気持ちの晴れやかさがあるから似合うのであって、その人が似合うからといって私が真紅のドレスを着て現れたら、ばあさんの漫才師が来たと人は思うであろう。漫才師に見えるか見えないかは、その人にとってそれが自然か、無理をしているかの差である。

本当の年齢から十も若く見えたとしても、ただ、それだけのことであって、とりたてて自慢するほどのことでもない。羨望《せんぼう》することでもない。

『こんな老い方もある』

ありのままの姿でいい

なにごとによらず人間は自然でいることがよいと思う。自然さをもって人と対する、自然に齢をとる、自然に装う、自然に食べる——美容のためにあれを食べこれを食べなかったりすることは私はあまり好きではない。実際より若く見せようとして皺《しわ》を取ったり、下腹のでっぱりを引っ込ませる体操をしたりするのもきらいだ。自然に自分を見せていて、それで若く見えればそれにこしたことはない。年よりふけて見えたとしてもそれがありのままの姿ならいたしかたない。

『こんな幸福もある』

健康管理は面倒くさい

私は自分の血圧も知らないし、コレステロールとやらも、いつだったか「高いですよ、もっと運動した方がいい」とお医者さんにいわれたことがあったが、どのくらい高いかも忘れてしまった。

血圧やコレステロールの心配しいしい生きるなんて、面倒くさいのである。一日の塩分の摂取量は何グラム以上はいけないとか、計算しながら暮していると、私のような者はそれだけで病気になってしまう。

『こんな女もいる』

人生の総仕上げ

老人の人生経験は今は後輩たちに何の役にも立たない時代だ。人生の先輩として教えるものは何もなく、従って老人に払われた敬意はカケラもない。あるのはただ形式的な同情ばかりだ。そんな時代に老後を迎える私がこれから心がけねばならぬことは、いかに老後の孤独に耐えるかの修業である。若い世代に理解や同情を求めて「可愛《かわい》い老人」になるよりも、私は一人毅然《きぜん》と孤独に耐えて立つ老人になりたい。それがこれからの目標であり、それを私の人生の総仕上げとしたい。

『こんな老い方もある』

勝手にやってくれ

我々の不幸は、わかり合えない世代が雑居していることだ。わかろうとしてもわからない。わからそうとしてもわからせられない。わからそうとすることがだい、無理なのだ。今私にいえることはただ、「私はこう考える。私はこう生きる。あんたたちは勝手にやってくれ」ということだけになってしまった。

老兵はもう語ることはやめて、消えて行くばかりである。

『老兵は死なず』

弱者にされてしまった老人

戦前、上流夫人が慈善会《じぜん》をよくやった。貴婦人が貧民窟《ひんみんくつ》を訪れたり、施療《せりょう》病院の病人を見舞ったりして、それが有難いこととして新聞に出たものである。ベッドの上の痩《や》せ衰《おとろ》えた病人が、見舞いの品を持って来てくれた貴婦人を拝《おが》んでいる写真などが出て、子供心にいやーな気持がしたことを覚えている。「敬老の日」なんて、本来なかったものが急に作られたのは、老人が弱者にされてしまったためであろう。

『女の学校』

ジジババ呼ばわりがなくなったかわりに

つまり今は、老人はかつての権威を失った弱き存在になり果てた。弱きものであるゆえに、〃お〃をつけてもらい、わざとらしい心づかいを示されるのだ。老人に権威があり、高く聳《そばだ》っていた時代は、皆は安心してジジババ呼ばわりをしていたのである。

『枯れ木の枝ぶり』

私は叫びたい

何が敬老の日だ。そういって怒っていると、若い人がいった。

「でも、ないよりマシということがあるわ」

ないよりマシ！　私はますます憤《いきどお》ろしくその人を殴りたくなる。私は叫びたい。

「私がこれから考えることは、若者に愛される方法ではなく、いかに立派に孤独に徹してのたれ死にするか、ですッ」と。


『女の学校』

第十二章

死

死んでしまえばそれまでよ

人生最後の修業

これからの老人は老いの孤独に耐え、肉体の衰えや病の苦痛に耐え、死にたくてもなかなか死なせてくれない現代医学にも耐え、人に迷惑をかけていることの情けなさ、申しわけなさにも耐え、そのすべてを恨《うら》まず悲しまず受け入れる心構えを作っておかなければならないのである。どういう事態になろうとも悪あがきせずに死を迎えることが出来るように、これからが人生最後の修業の時である。いかに上手に枯れて、ありのままに運命を受け入れるか。楽しい老後など追求している暇は私にはない。

『こんな老い方もある』

なかなか死なせてもらえない現代医学

日本人がこんなに長命になるまでは（こんなに医学が進歩する前までは）自然に死を迎えるしかなかったから、すべて「寿命」とわきまえて死と向き合い、やってくる「お迎え」を受け容《い》れたものである。

だが、医学の進歩はやってくる「お迎え」を無理やり追い返すようになった。自分が死んでるのか生きているのか、よくわからぬままに医薬の力でこの世にぶらさがっているのはご免だと思っても、好むと好まざるとにかかわらずなかなか死なせてもらえない。

『戦いやまず日は西に』

与えられた新しい命題

医学の力で長命が保障されたことによって、我々には新しい命題が与えられた。我々は長命を喜びながら、みなその胸の底に不安を潜《ひそ》めている。ボケ老人になって家族に迷惑をかけることを怖れ、治らぬ病気を抱えて病院のベッドで目的のない無為《むい》な日々を何か月も過させられることを心配し、家族に看取《みと》られずに孤独に死んで行くかもしれない恐怖を抱《かか》えている。

『何がおかしい』

まったく、死ぬのは生きるよりも大変である

昔は家族に囲まれ、主治医に脈を取られて死ぬことが出来た。だが今はいざという時に飛んできてくれるお医者さんなどまずいないだろう。一人で勝手に死ぬからいいよといってもお医者さんが立ち会って死亡証明書を書いてくれなければ、解剖をされるという面倒くさい場合もある。

まったく、死ぬのは生きるよりも大変である。その時のために今から修行しなくては、と思う。苦痛に耐え、どんな目に遭《あ》ってても文句をいわぬ修行である。苦痛も文句もすべて感謝に変えることができればそれ以上のものはない。それがこれから私が目ざさねばならぬことだと思っている。

『戦いやまず日は西に』

悶《もだ》え死ぬのはいやである

死の恐怖にさいなまれつつ、悶《もだ》え死ぬのも、別れを告げて悠然と死ぬのも死はひとつ。死んでしまえばそれまでよ、みっともないも立派もない。泣くもよし、悶えるもよし、死ぬ時ぐらいは自分のありのままを出すのが人間らしくていいではないか、という考えもあるが、私は悶えるのはいやである。人の目にどう見えるかということでなく、死と向き合ってから悶えるのは苦しいだろうからいやだ。だからもうそろそろ、来るべき死に備えて、従容《しょうよう》と（まではいかないにしても）死を受け入れる修業を積まなければ、と思っている。

『男と女のしあわせ関係』

佐藤愛子はあのザマだといわれてもいい

考えてみればこの世に苦しいことは多々あった。私はそれに耐えてきた。その苦闘の経験はもしかしたら最期《さいご》の苦しみに耐える上にいくらか役立つかもしれないと、そう思おう。

そうはいうものの、現実の私の死は「あるがままに受け容《い》れる」のとは程遠い様相になるかもしれない。その心配はあるが、それでも私はいいたい。あんなことを書いていたけど、佐藤愛子はあのザマだといわれることを私は怖れない。そういわれてもいい。私が今、ここにそれを述べることが、自分の覚悟を促《うなが》し固めることに役立つと思うからだ。

『こんな風に死にたい』

人間らしい死とは

なぜ我々は死んではいけないのだろう？

そういう素朴な疑問を私は持つ。家族や社会に対する責任を果たすために生きなければならないとある人はいう。またある人は、それ（なぜ死んではいけないのかなどということ）はあなたが健康で、死がまだ遠くにあるからそういうことをいうのであって、実際に死に瀕《ひん》した時は、どんな状態でもいい、生きつづけたいと切実に思うものです、といった。それが人間の本能なのだから、否定することは出来ないと。

しかし、たとえそれが人間の本能であったとしても、その一方で人の精神は老い衰えて行くことによって、自然に死を受け容《い》れる準備を整えるものではないのか。それが最も人間らしい死でありそれによってその人生は完了するのである。

『何がおかしい』

私は弔辞《ちょうじ》を読むその人自身を知りたい

私は人が死んだ時に作家が読む弔辞《ちょうじ》や追悼記《ついとうき》に興味を持っている。私はそれによって死者を知るのではなく、その人を知ろうとしているのだ。

『何がおかしい』

解説

杉山桃子

佐藤愛子の人生はまさしく苦難の連続であった。

貧しかった日本という国、自由にならない女の立場、戦争、モルヒネ中毒の夫、借金。数々の艱難辛苦《かんなんしんく》をその気概ひとつで乗り越えてきた豪快な女。読者の目にはそのように映っているのだろうし、そのような女であると人々に、また自分自身に言い聞かせて百年を駆け抜けたのだろう。

祖母は普通のお嬢さんだった。お金持ちの末っ子として生まれ、何不自由ない子供時代を過ごした。父母は敬うべき存在、我慢は美徳、大人になれば良き妻、良き母にならねばならぬと信じて育った。

そうではないかもしれないという発想は時代が許さなかった。贅沢は敵、女の癖に生意気な、そんな言葉がそこら中で幅を利かせていた。そんな全体主義の理不尽な世の中を上手く渡り歩いていく器用さを、祖母は持ち合わせていなかった。

本書で書かれている〝箴言《しんげん》〟は、彼女が生きたかった、しかしそのようには生きられなかった理想の人生である。

佐藤愛子は不器用な人だった。自分の体を上手くくねらせて、社会の隙間を縫っていくことができない人だ。かといって父・佐藤紅緑《こうろく》のような豪胆で奔放な生き方もできなかった。

三十年以上祖母を近くで見てきたが、祖母は臆病な人だと思う。

「もしも」をどこからか引っ張り出してきては一人でオロオロしている。お金がなくなったらどうしよう、娘が結婚できなかったらどうしよう、孫が帰ってこなかったらどうしよう、薬が癖になったらどうしよう、ひとりぼっちになったらどうしよう、ボケたらどうしよう。気にしていたらいつか自分の「心配」に押しつぶされてしまう。だから原稿用紙に書く。

「気にする方がめんどうくさい」「孤独で結構」「損などと思わない」……。自分で書いた文字面で、祖母は戦争や借金や生きづらい世の中で自分を奮い立たせた。原稿用紙の上に表現された「佐藤愛子」に自己を投影し、自分は強いのだと自分自身に暗示をかけていたのだろう。
臆病な自分を「佐藤愛子」というキャラクターで覆い隠し、「斯《か》く在《あ》りたい」を「斯《か》くの如《ごと》く生きてきた」と嘯《うそぶ》く祖母のことを、私は嘘つきだとは思わない。それが大正、昭和、平成、令和を生き抜いた、佐藤愛子の戦い方だからである。

杉山桃子（すぎやま　ももこ）
一九九一年、東京生まれ。立教大学卒。佐藤愛子を祖母に持つ。幼少期より祖母のコスプレ年賀状に付き合わされ、その経緯が二〇一六年、書籍『孫と私の小さな歴史』（文藝春秋）として出版される（文庫版のタイトルは『孫と私のケッタイな年賀状』）。
現在は「青平《あを》」名義で音楽、映像などの創作活動を行っている。

出典著作（出版年順）

1968年（昭和43年）
『さて男性諸君』

1970年（昭和45年）
『三十点の女房』

1972年（昭和47年）
『破れかぶれの幸福』

1973年（昭和48年）
『愛子のおんな大学』

1974年（昭和49年）
『私のなかの男たち』
『丸裸のおはなし』

1976年（昭和51年）
『朝雨　女のうでまくり』

1977年（昭和52年）
『女の学校』
『こんな幸福もある』
『娘と私の部屋』

1978年（昭和53年）
『男の学校』

1980年（昭和55年）
『枯れ木の枝ぶり』

1981年（昭和56年）
『愛子の日めくり総まくり』
『こんないき方もある』
『男友だちの部屋』

1982年（昭和57年）
『愛子の新・女の格言』
『こんな考え方もある』

1985年（昭和60年）
『幸福という名の武器』
『男と女のしあわせ関係』
『老兵は死なず』

1986年（昭和61年）
『娘と私のただ今のご意見』

1987年（昭和62年）
『こんな暮らし方もある』
『今どきの娘ども』
『こんなふうに死にたい』

1988年（昭和63年）
『さんざんな男たち女たち
憤怒のぬかるみ』

1990年（平成2年）
『こんな老い方もある』

1991年（平成3年）
『何がおかしい』

1992年（平成4年）
『上機嫌の本』
『こんな女もいる』

1993年（平成5年）
『死ぬための生き方』

1995年（平成7年）
『戦いやまず日は西に』

本書は1999年7月に海竜社より刊行された
『不運は面白い　幸福は退屈だ　人間についての断章327』を
改訂増補し、改題のうえ刊行したものです。
原則として出典原文を変えないで収録しました。
漢字の送り仮名や字句の統一をせず、ルビは必要に応じてふってあります。

【著者紹介】

佐藤愛子（さとう　あいこ）

1923年（大正12年）、大阪に生まれる。甲南高等女学校卒。小説家・佐藤紅緑を父に、詩人・サトウハチローを兄に持つ。1950年（昭和25年）、「文藝首都」同人となり本格的に創作活動を始める。1960年（昭和35年）、「文學界」に掲載された「冬館」で文壇に認められ、1969年（昭和44年）、『戦いすんで日が暮れて』で第61回直木賞を、1979年（昭和54年）、『幸福の絵』で女流文学賞を受賞。2000年（平成12年）、佐藤家の人々の凄絶な生きかたを、ありありと描いた『血脈』で第48回菊池寛賞を、2015年（平成27年）、『晩鐘』で紫式部文学賞を受賞。2017年（平成29年）、旭日小綬章を受章。ユーモア溢れる世相風刺と、人生の哀歓を描く小説およびエッセイは多くの読者の心をつかむ。

これだけ言って死にたい

2024年4月29日　初版発行

著　者　佐藤愛子
発行人　佐藤広野
発行所　株式会社コスミック出版
〒154-0002　東京都世田谷区下馬6-15-4
代表　TEL. 03-5432-7081
営業　TEL. 03-5432-7084
　　　FAX. 03-5432-7088
編集　TEL. 03-5432-7086
　　　FAX. 03-5432-7090
https://www.cosmicpub.com/
振替　00110-8-611382

ISBN 978-4-7747-9290-3 C0095
印刷・製本　株式会社光邦